AQUAMAN
아쿠아맨 6

KB191976

차례

26

아웃팅?!

숨이…

안 쉬어지는 것 같아….

이거, 우리 얘기
하는 거야?

…그런 것
같은데….

이 동영상
얘기….

…….

카톡

카톡
카톡

7

…이거 엄청
퍼진 것 같아….

나리한테서도
카톡 왔어.

소라야….

으응?

그럼
나루도 봤겠지?

으음… 나리가 보낸 거 보면…
응… 아마 봤을 거야….

가자.

어?

나루한테.

으응…
카톡 해볼게.

으응….

답장 안 오면
집에 전화해서
있냐고 물어봐.

소라야.

어?

빨리 가자.

…응.

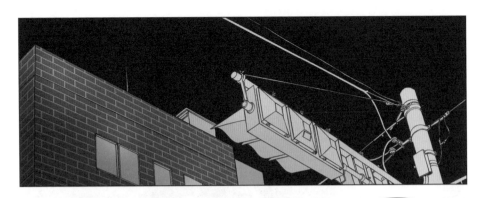

아직 집에
안 들어왔다는데….

그래…?
나루가 자주 가는 곳은
다 가 본 것 같은데….

으응….
소미한테
물어볼까….

소미?

같이 있을 수도 있으니까,
카톡해보고 말해줄게.

그래….

너무 늦었으니까
너도 가 봐.

차 끊겼으니까
본가로 갈 거지?

응….

그래야지….
소라 너도 고생했어.

응…
너무 걱정 말고.
연락할게.

응, 조심히 가.

요 앞인데 뭐~.

나 간다.
너도 빨리 들어가.

11

숨쉬기가 힘들다.

나 좀
그만 괴롭혀.

내 주제에
무슨 연애야….

내일 학교에 갈 수 있을지
없을지도 모르는데….

이제 와?

13

술 마셨어?

지성준…?
너 뭐야?

걱정돼서
기다렸어.

날 왜 걱정해?

너도 그 글
읽었지?

어…
나리가 보내줬어.
너도 봤구나….

응… 나도 봤어.
그거 신경 쓰지 말라고.

15

너도 알잖아.
그 글 앞뒤 상황 하나도
안 맞는 거.

동영상 처음 퍼졌을 때처럼
모르는 사람들이 그냥
소설 써놓은 거잖아.

그러니까…

그래서
걱정했구나?

…난 네가
신경 쓸 거 같아서….

왜 내가
신경 쓸 거라 생각해?

어…?

…….

너는… 왜 그렇게 항상
나를 아래로 둬?

…그게
무슨 소리야?

신나루,
너 무슨 소리를
하는 거야?

……。
알았다…
고맙다라고
하길 바라?

…너 왜 그렇게
꼬였어?

그래….
다 내가 꼬인 거지.

이런 일을 당해도
내가 꼬인 거지?

......

…진짜 미안한데
오늘은 혼자
있고 싶어.

그래.
오늘은 혼자 있어.

매일 올게.

…뭐?

매일 짜증 내고
화내도 괜찮아.

네가 괜찮아질
때까지…

옆에 있어 줄게.

응?

그런 소리
하지 마.

어머~
성준이 왔구나.

근데 어쩌니….

나루가
안 나온다고
난리야.

저녁 먹었어?
좀 들어올래?

아뇨,
괜찮아요.

어휴~ 저놈 새끼!
아줌마가 확 끌고 올까?

하하하하하~

아뇨, 아뇨!
그러지 마세요~.
괜찮아지면 나오겠죠.

이렇게
집까지 찾아오는데….
성준아, 무슨 일 있니?

……

별일 아니에요
그냥… 저랑 다퉈서….

휴...

그러니...?

......

너도 알다시피 걔가...

그런 거 아니에요.

제가 장난쳐서 화난 것 같아요.

또 올게요.

왜 자꾸
찾아오는 거야….

지금은 혼자 있고
싶단 말이야….

이렇게 말하면서도
안심되는 건 뭐지….

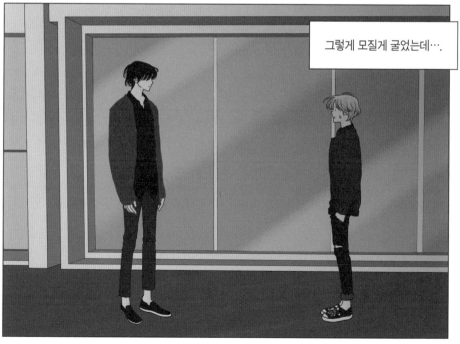

그렇게 모질게 굴었는데….

그런데도 찾아와주는
친구가 있다는 게
위안이 되는 건가…?

지성준 말이
맞아….

이런 데서 위안을 받는
꼬인 내가 싫다.

참 신기하네….
다시는 만날 수 없을 거라고
생각했는데….

이렇게
앉아 있는 걸 보니….

그러게….
잘 지냈어?

잘 지냈지….

그 글
보기 전까지….

어쨌든 주현이도
이 사건 피해자야.

너는 괜…

성준이랑 나루는
좀 괜찮아?

…응?

너희 셋이 많이
놀랐을 것 같아.

너희는
친구잖아….

32

쟤가 저렇게
어른스러웠나?

그런 기분 나쁜 소문에
친구 셋이 엮였으니….

아….

기분 나쁜 소문…?
누군가에게는 진짜….

그래서 말인데,
그 글 쓴 사람을
신고하는 게 어때?

응…?
신고…?

경찰에 신고해서
고소하는 게 맞지 않을까?
그거 다 거짓말이잖아.

고소…?

그 글 하나 때문에
우리 셋이 전부
의심받고 있잖아.

고소를 해서
사과를 받고
루머도 해명…

안 돼!

깜
짝

소라야…?

어….

……

신고는 좀…

어차피 좀 지나면
다 가라앉을 거야.

사람들은 남 일에
그렇게 관심 없어.

나랑 내 친구들은
그냥… 이 일이 커지지
않길 바라고….

으응…

너희가 그렇다면
나도 괜찮아.

……

주현이도 피해자인데 내가 이렇게 멋대로 굴어도 되는 건가…

내 주변 사람들은 다 웃고 놀릴 정도의 일로 여겨.

나도 그렇고.

하지만 너희 셋은 친구 사이니까 더 껄끄럽겠다 싶었어.

난 너희가 하는 대로 따를게.

응… 고마…

그런데,

그렇게 말하는
넌 괜찮아?

…응?

별일 있는 거
아니지…?

혹시 내가
도울 거 있음 도울게….
너무 끙끙 앓지 마.

주현아,
또 연락해도 돼?

아, 물론 네가
원하지 않으면….

내가 연락할게.

그래도 돼?

어쨌든

나는 다시 학교에 왔다.

다행히 생각보다
학교는 조용한 것 같다.

신나루!

야야~.

아… 최소라….

수군ㅇㅇㅇ

왜 그래~ 빨리 와.

아, 으응….

수군

수군

휙

야, 가자~

후
다
닥

내 얘기다.

두근

두근

탓

두근

나루야?!

교내 동성 간 성추행 사건을
고발합니다.

온몸의 핏기가
가시는 느낌이 들었다.

신나루!

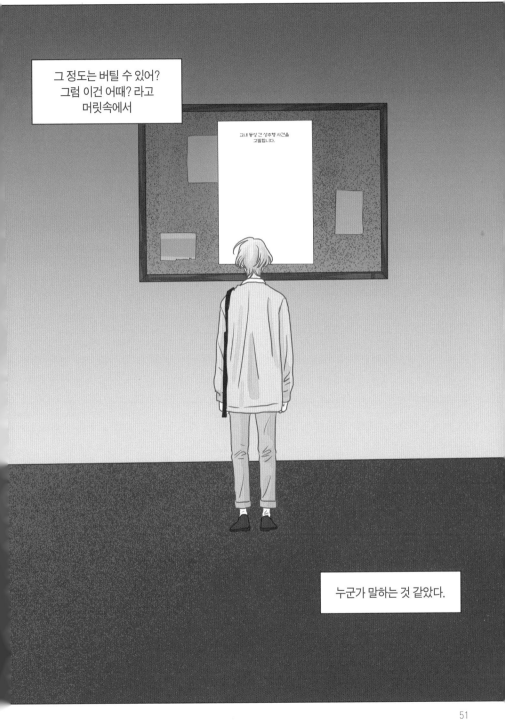

27
편한 선택

…루!

신나루!

이건 우리랑 상관없는 거야!

덥썩

이건 완전 별개의 사건이잖아!

네가 신경 쓸 필요 없어!

소라야, 정말 그렇게 생각해?

사람들도 그렇게
생각할 것 같아?

정말로?

신나루!

나루 오늘도 안 나오나….
오늘 안 나오면 진짜 F인데….

소라 언니!

하이룽~

어~ 나리야.

채색화, 뭐 그릴지
정했어요?

정했겠니….

큭큭,
내일 발표인데
어쩌려고요~.

큭큭, 또
지어내야지 뭐~.

저… 나루 오빠는
좀 어때요?

나루?
…걔는 뭐….

사람들 진짜 너무해요!
잘 알지도 못하면서!

그니까….

어휴~ 어쨌든
깜짝 놀랐다니까요.

나루 오빠가
그렇게 갑자기
휴학해 버려서….

휴학이라니,
뭐야?

신나루 네가
왜 휴학을 해?

갑자기 우리한테
말도 안 해주고…

……

…….

…할머니가

아프셔서…

겨울 동안
거기 가 있으려고….

야… 너희…

거기서 우리 잘못 하나도 없어!

설령 진짜여도 그게 무슨 상관인데!

…무슨 상관…

그래… 너처럼 살면 편하긴 하겠다.

…….

비꼬지 마.

신경 쓰고 있단 말이야…

나도 신경 쓰여…

둘 다 왜 자꾸 싸우려고 해!

그 글 쓴 사람이
제일 나쁜 거 아니야?

근데 왜 나도
욕먹어야 해?

소라 네 말대로
우리 잘못 없잖아.

근데 왜 우리가 이러고
있어야 하는데….

내가 편한 대로
하겠다고 하면 왜 다들 도망치냐고
하는지 모르겠다.

나는…
이렇게 하지 않으면
살 수가 없는데….

......

…내가 너무
심했지….

나루도
무슨 말인지
알 거야….

이렇게 말해주는
사람도 필요해.

나는 나루에게
그렇게 말 못하잖아….

…속상해.

나루가 너무
상처받는 게 보여서….

나루는 그렇게
휴학한 거야?

응….
말리러 갔다가
싸우기만 했어….

……

근데 소라야…
너도 들었겠지만…

어?

…나루가 휴학까지
하는 바람에…

그 대자보를 쓴 게
나루라고 소문이
났더라고….

아….

응… 들었어….
그래서 휴학은 말리려고
한 건데.

이렇게 된 거,
나루가 아예 소문을
못 듣는 게 나은 것 같기도
하고….

하필 우리 소문이
돌 때 그런 대자보가
붙어서….

나루가 그렇다니까
나까지 마음이 안 좋네….

나도 그래….

75

성준이는 어때?

…성준이?

음… 글쎄, 모르겠다.
그날 이후로 성준이도
못 봤거든.

뭐가 그렇게
바쁜 건지….

…으음.

우리 과 애랑도
만난 것 같고….

걔 요즘 만나는 사람이
많다던데….

…뭐?

마, 만난다고?
내가 생각하는
그런 만남?

…음 그게,
좀 애매한데…

……?

우리 과 여자애는
만난다고 생각했는데,
성준이는 아니었던
모양이야.

잘 지냈어요?

응, 잘 지냈지.

아~ 갑자기 엄청 추워지지 않았어요?

응, 뭐라도 마실래?

자~.

오빠 잘 마실게요~. 고마워요!

그래~ 수업 가는 거야?

지금은 공강이에요. 오빠는요?

나도, 이따가 글로벌관에서 전공 하나 들어.

그럼 같이 가요!
저도 좀 이따 거기서
수업 듣거든요.

그래~.

…….

근데…

그… 학교 커뮤니티에
올라온 거 봤어요….
괜찮아요?

...응?

어, 어?

그렇다고~.

아, 네에….

글로벌관 다 왔네~.

어?

소라야~.

저기는 내 친구!
그럼 다음에 보자.

아, 네에~.

몰라서 물어?
너 진짜 왜 그래!

학교 여자는
네가 다 꼬실
작정이냐?

그게 망나니지
뭐야~.

……

딴청 피우지 말고!

설마…
또…

그런 거 아니야.

그럼 뭔데?

그냥 좀
쉽게 가려고.

87

…응?

나 좋다는 사람
만나게~.

소라
야 이거봐——
니가 없으니까 이 여우가
세상을 지배할 것 처럼 나댄다~

ㅋㅋㅋㅋㅋㅋ

소라
지금 만나는 애들 중에서
언녕 정착하고 깔끔히 정리했음 좋겠구만...

몇 명이나 만나는데?

소라
몰라 그건 알 수 없어...

ㅋㅋㅋㅋㅋ

크크크큭.

네가 와서 조져 줘~.
신나루 돌아와~ ㅠㅠ

탁

풀
썩

크크큭…
지성준 미쳤나…

……

택배인가…
나갈까….

나가지 말까…
귀찮아….

딩
동

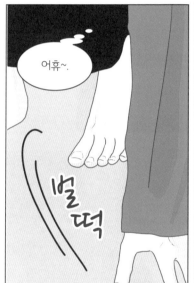

어휴~.

빨
떡

딩
동

나가요!

좀 기다리지….

철
컥

누구…?

할머니!

택배 찾으러
왔는데….

택배 같은 거
없어요.

아앗,
잠시만요!

혹시 나루?!

저 아세요?

하하하하

그럼~
잘 알지~.

하하하하

여하튼,
택배 없어요.

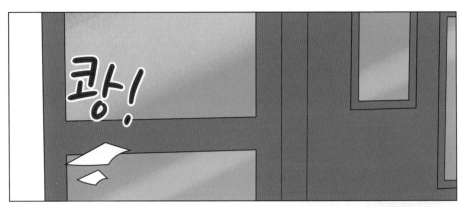

. . .

오….

할머니 말씀 대로
성깔 있네….

뭐야!
저 이상한 사람은?

내~이름은
어떻게
알지?

털
썩

후。。。

신경 쓰지 말고
잠이나 자자.

피곤해….

그렇게 또 종일 잠만 잘 거니?

할머니 어디 갔다 왔어?

한나 엄마네 다녀왔지!!

또 종일 굶었지? 일어나서 이거나 좀 먹어라.

푹

허리도 안 좋으면서 자꾸 어딜 그렇게 돌아다녀~.

어머? 애는 참. 할머니 건강하다!

네 몸이나… 어머?

윤호가 택배 안 찾아갔니?

…윤호?

그래~ 걔가
오늘 찾아간댔는데.

우리 옆집 사는데,
애가 얼마나 착한지 몰라~.

작년 겨울에 길에서
내가 쓰러질 뻔 했는데,
윤호가 구해줬잖니~.

걔가
할아버지랑 살아서
요즘 문화 센터도
데려다주고~.

할머니의 은인을
문전 박대하셨군요.★

아뇨, 괜찮아요! 들어오실래요?

아뇨….

아~.

왜 나오는 거지?

흠….
저… 할머니한테 말씀 들었어요….

신세를 지고 있다고….

신세는 무슨! 저도 말씀 많이 들었어요~.

이네대도 수석으로 들어 가고, 그림도 잘 그린다고~.

아… 네….

할머니~!

101

여하튼…
그럼 저는….

한동안
여기서 지내는 거죠?
친하게 지내요 ♥

폰 번호 좀
알려 주세요~.

생글
생글

저… 제가
핸드폰이 없어서 번호를
알려 드려 봤자….

아~!

할머니한테 들었어요.
깜빡했다…. 죄송해요~!

아뇨….

핸드폰이 없어서
불편하겠어요.

할머니한테
병 얘기도
들었거든요.

많이
힘들었겠다….

이건 날 영원히
따라다니는 거야?

어딜 가든 꼬리표처럼
붙어 다니는 거야?

만나는 사람마다
통과 의례처럼 말해야
하는 거야?

친하게 지내~

저런 사람이랑 엮이기 싫어.

나만 상처받을 게 뻔해.

사람들이 나에게 상처를 준다면
사람이 없는 곳으로 가자.

깊이,
아무도 올 수 없는 곳으로.

사귀는 건 싫어.

사귀는 건
아직 부담스러워…

뭐시라~?

그렇게 만나는 거랑
뭐가 다른데?

사귀는 거랑
다르지….

사귀면
일어날 때, 잘 때
연락해야 하잖아.

다른 사람은
만나면 안 되고.

그 사람이
싫어하는 행동도
하지 말아야 하고,

시간이 없어도
잠깐 얼굴이라도
보러 가야 하고.

…결국 책임지기
싫다는 소리군.

다정도 하셔라~

삐~

그렇게 말하면
뚝땅해….

하아~ 다른 말로 하면,
사랑하면 그 모든 귀찮은
일들을 한다는 거네~

달라.

사랑하면 하나도
안 귀찮아.

날…

좋아해 주지 않아도
상관 없어.

…지금 학교에서
네 평판이 어떤지 알아?

몰라.

아직도 나루한테
마음이 있으면서….

……

사귀는 거랑
다르지….

오늘 커피 잘 마셨어.
아냐~ 내가 불렀잖아.
나루는 휴학했지만… 너는 생각보다 괜찮아 보여서 다행이다.
나야 뭐…. 애들이 걱정이지.

또 생각나게 할까 봐
고민했는데…
사과는 해야 할 것
같아서…

아아…
아니야….

그땐 나랑 애들도
너무 흥분해 있었고….

사과할
필요 없어.

……

소라야….

오늘은
왜 오신 거죠…?

할머니
뵈려고 왔지.♥

하하하하

하하하하하

할머니 지금
안 계시는데요.

멋대로
들어왔다….

나루는 내가
싫은가 봐~.

힝!

좋지도
싫지도 않거든요?

실은 너 맛있는 거
해 주려고 왔지.☆

저요?
괜찮은데요.

할머니한테
허락 받았지롱~.

할머니~!

실은 내가 그때
실수한 거 같아서,

사과의 의미로.♥

나 너무 미워하지 마~

......

보글
보글

통
통
통

……

제가 뭐
도울 거 있어요?

그럼 냉장고에서
마늘 좀~.

아….

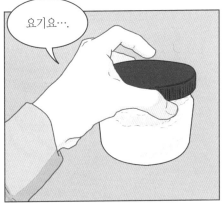

요기요….

고마워. ♥

됐으니까
뒤에 하트 좀 빼요.

너는 내가 낯설겠지만
나는 아는 동생
만난 기분이야.

할머니한테 너~무
얘기를 많이 들어서~.

……

그래서 그때
신나서 좀 오버했지.

흥, 사과를 받는 거랑
용서하는 건 다르지.

뭐 됐어요~.
여기 살아요?
아니면 잠시 온 거?

응, 여기서 살아.
직장도 여기고.

아~
부모님은요~?

음~
안 본 지 꽤 됐네~.

무신경에서 나오는 무례함, 진짜 싫다….
모르면 다 용서해줘야 해?

나루는
인기 많을 것 같아.

저요?
아닌데요.

아, 그래?
인기 많을 것 같은데.

아닌데요

만나는 사람은 있어?

만나는 사람….

있구나~.

여기서 소미가 떠오르는 건 미련이겠지….

구질구질하다. 신나루….

없어요….

그 사람 좋아해?

네?

아니, 저 인간은 내 말을….

만나는 사람 없다니까요.

에이~ 떠오르는 사람 있는 것 같은데.

한 명이 떠오른다는 건 좋아하는 거 아냐?

그렇게 단순한 문제가
아니라구요.

복잡한 게 또 뭐니~
연애 문제에 있어서~.

좋아하는구나?

음…

뭐….

ㅋㅋㅋㅋㅋㅋ쿡

그런 것 같긴
하지만….

비웃지 마요!

그럼 나루 너는,
곧 돌아가야겠다.

그건…

좋은 사람은
남들이 빨리 채 가.

…음…

돌아간다…

학교에…?

그럼 대자보를 쓴 게
그 동영상의 작은 애라고?

어~ 내가 그거
자세히 들었는데,

걔 때문에
둘이 싸워서
난리 난 거잖아.

헐~ 근데
내가 듣기로는,

그 인스타 스타랑
걔랑 사귀는 사이라던데?

그니까~
자기 남친 건드려서
싸운 거래 그게.

날씨도 이제
추워지네….

겨울 다 됐어~

휴…

나도 모르게
한숨 쉬었네….

카톡
카톡

슥

0:01
44

…아니네.

내가 거절해 놓고
왜 연락을 기대하는지….

참 이기적이야….

이렇게 기다려지면
먼저 연락하면 되는데….

뭐가 무서워서
연락을 못하는 걸까.

어차피 우린
잘 될 수 없다는
마음…?

상처받기 싫어서
아예 시작도 않는다니….

내가
이런 사람이던가?

혼자서도
잘 살 수 있다고
했으면서….

친구들이 있어서
그럴 수 있던 거였어….
난 내가 그런 사람인 줄
알았는데….

신나루~ 돌아와~

크리스마스는 우리랑 보낼 거지…?

이 비주얼은
뭐죠….

홈메이드 블루베리 잼을 곁들인 치즈 무스~.♥

라해ㅇㅇㅇ

저도 그건 알아요. 근데 이걸 집에서 어떻게 만드냐고요….

그야 내가 요리사니까★

일식 요리사잖아요….

베이킹은 취미로 계속 해 왔거든~.

헤에….

크리스마스는 대형 레드벨벳 케이크를 만들 거야.♥ 할아버지, 할머니랑 파티하자.♥

트리랑 리스도 사고~.

음….

크리스마스는 친구들이랑 보낼 것 같은데….

엇?

그럼 나는~!

그걸 왜 저에게….

연말이니까 가족도 찾아뵙고 하세요~.

아! 그러면 되겠구나!

생글

생글

생글

생글

어휴….

그래도…

이상하게 편하네.

워낙 편하게 대해 주는 것도 있지만….

내 병에 대해 아는 걸 보면 할머니한테 다 들은 거겠지.

비밀을 들켰다는 건 기분 나쁜 일이지만 그만큼 편한 일이네.

이제 더 이상 숨길 게 없으니까.

저….

응?

이거… 맛있어요.

너무 달지도 않고….

……

나루, 이 귀요미~♥

아오! 좀!

141

하암~.

언니
조심히 가요~.

응....
몇 시간 있다 곧 보자.

왜 과제가 해도 해도
끝이 없는 거죠….

그니까….

나리야!

저… 기다렸어….

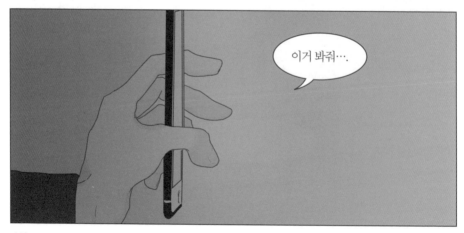

......

뭐야…?
폰 바꾼 거야?

응…

바꾸면서 소라
네 번호만 옮겼어.

…응?

너에겐
나에 대한 신뢰가
없겠지만…

이렇게라도 내 의지를
보여 주고 싶었어.

유치하지만 진심이야.

나한테
한 번만 더 기회를 줘.
나 노력할게.

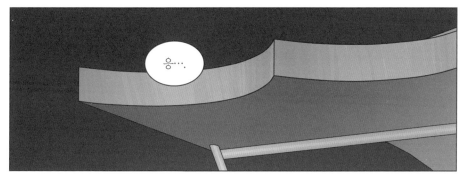

응….

나루야 나 주현이랑 다시
만나 보기로 했어….

니가 욕해도 할 말이 없다~ ㅠㅠ.

옳은 선택만 할 수는 없는 거니까….

그래도 이번엔 잘 만나 볼게!

여긴 이제 진짜 춥다….

거긴 어때?

28

크리스마스를 위하여

소라는 주현이와
재결합을 했다.

성준이도 나름대로
즐겁게 지내는 것 같고….

내 친구들이 어떤 선택을 하든
비난할 생각 없다.

그게 옳지 못한 선택일지라도….

다만.

내가 사라지자 모든 퍼즐이
제자리를 찾는 듯한 모습이
조금 섭섭한 거다.

나는 여기에
처박혀 있는데…

만약…

만약 내가
과거에 그런 일을
당하지 않았더라면…

나도 평범하게 살 수 있었을까?

나비야.

또 무슨 생각을
그렇게 하니?

아… 아무것도
아니야….

식탁에
팔 올려놓지 말고~.

앗! 네에….

깨작거리지 말고~
이것저것 먹어 봐!

여기 와서는
종일 잠만 자고!

일어나서는 또 한숨만
푹푹 쉬고~.

온갖 고민은
혼자 다 하는 표정으로….

그렇게 티 났나….

별일은 아니고….

별일 아니긴~.
젊은 애들 문제일 테니까
자세히 묻진 않으마~.

할머니….

그래서
무슨 일인데~.

연말까지는
여기 있는 거지?

음… 근데
크리스마스 전에는
돌아갈 것 같은데….

왜! 더 있지 않고~.

아마 친구들이랑
보낼 것 같아서….

윤호는 어쩌고!

아니, 그니까
그 형을 내가 왜….

여기 죄다
늙은이들밖에 없는데
걔가 얼마나 심심하겠어~!

아니….
그 형 아마 부모님 뵈러
올라갈 것 같은데….

올라가다니?
그게 무슨 소리야~.

그리고 걔는···.

응?

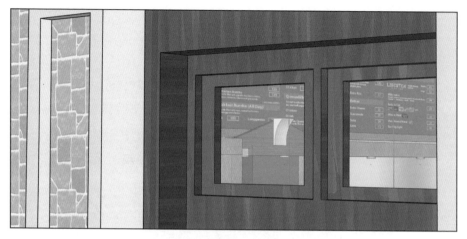

두리번

두리번

엇!

찾았다.

하핫….

정말 오랜만이다.
잘 지냈어?

소미야.

불편하실까 봐
고민하다
연락 드렸어요….

아냐, 아냐~.
내가 먼저 연락했어야 하는데.

언니… 저….
사실은 친구한테 언니네 학교
얘기를 들어서….

아…

들었구나….

네… 저…
그리고 나루 오빠는….

…음….

사실 그래서
나루가 휴학을 했어….

…휴학요?

으음…
얘기하자면 복잡한데….
그 일 때문에 상처를
많이 받았거든….

뭐라고 해야
좋을지 모르겠는데….

그래서 지금은
시골 할머니 댁에…

헉…!

글
썽

만약…

그때 무시하지 말고
만나서 얘기도 들어주고…,

위로해줬다면…

지금 같은 상황은
안 됐을 것 같아서….

근데 그러면
성준이는….

사실 언니를
이렇게 부른 건….

…응?

네! 언니 감사해요. ♥

아, 아냐. 어려운 것도 아닌데….

아!

나루 크리스마스에 돌아온대.

크리스마스…

그럼 그때 만나야겠어요.

응, 그래.
당연한 거지만
나루한테는
비밀이지?

네에, 감사해요!

일이 정리되면
잘되든 안되든
밥이라도 살게요!

아냐~
내가 뭐 해준 것도
아니고…

잘되면 정말
좋은 일이지.

여하튼
무슨 일 있으면
따로 연락할게.

네에.♥

기말 잘 봐~
소미야~.

언니도요!

올라가다니?
그게 무슨 소리야~.

그리고 걔는…

부모님이 사고로….

사실 생각해보면…

이런 지방에 단둘이
할아버지랑 사는데…

유추할 수도
있는 거였는데….

이런 조금의 생각도
하기가 싫어서
그딴 무신경한 말을….

?

할머니?!

스윽○○○

나루야~
나 윤호인데~.

아, 네!

벌떡

들어가도 돼?

아… 네….

와아~.

사과를 해야 하는데
뭐라고 말을
꺼내야 할지 모르겠다.

예전의 나를 생각해보면…

사과를 한다해도 짜증 냈겠지?

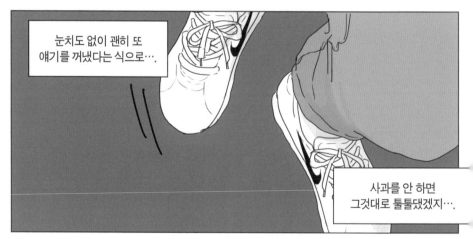

눈치도 없이 괜히 또
얘기를 꺼냈다는 식으로…

사과를 안 하면
그것대로 툴툴댔겠지….

근데 둘 다 진짜
싫단 말이야….

그래서 처음부터
실수하지 않는 게
중요한데….

나루야.

여기 근처
카페라도 가서
기다릴까?

아… 네….
저는 상관없어요.

그럼 요 앞에 카페 가자!

거기 티라미수가 진짜 맛있어~

……

저… 형…

응?

왜?

다른 데로 갈래?

190

아, 아뇨…
그건 아니고…

……

?

……

저 실은…

할머니한테 들었어요.

말 꺼낼까 말까
고민했는데….

가족사에 대해
함부로 말한 거 죄송해요….

수업표

아~ 너무 웃겨~.
눈물 나.

하하하하~

나루야,
신경 쓰지 않아도 돼.

모르고 그런 거잖아.

진짜 가자~.

형이 맛있는 거
사줄게~

그건
중요하지 않아요.

응?

모르고 했건 알고 했건
그게 중요한 게
아니잖아요.

대부분의 사람들은…

모르고
상처를 주잖아요….

내뱉고 바로 잊을
그런 말들로,

나는 평생 잊을 수 없는 상처를 받는데…

이런저런 이유로 다 용서해주면….

별로 좋은 추억도 아니야.

미안해, 나비야.

29
이겨내는 방법

과거의 나한테
너무 미안하잖아요….

왜 용서해줬냐고 물으면
저는 뭐라고 해야 해요?

왜 멋대로
용서했냐 그러면
저는 할 말이 없어요….

쉽게 용서하지 않을게.

그때 받은 상처,
절대 잊지 않을게.

갚아 줄 순 없지만
잊고 살진 않을게.

전… 그 사람들이
용서가 안 돼요.
형… 저는….

나도 용서가 안 돼.

당연히
용서가 쉽진 않지.

뭘 잘해도
부모가 없는데도 잘컸네,
못해도 부모가 없어서~.

뭐만 하면
부모가 부모가….

내 인생을 사는 건
지금의 난데….

내 인생은 전부 과거에
있는 것 같았어….

뭘 해도 내 것 같지가
않았어….

그런데 무서운 건 나도 점점
그렇게 생각하게 되더라.

형이 하던 생각은

내가 버릇처럼 하던
생각이다.

내가 과거에 그런 일을
당하지 않았더라면….

잠시 상상을 하는
것만으로도 행복해서

다시 현실로 되돌아오면
더 괴로울 걸 알면서도

버릇처럼 했었다.

그런데 너도 알잖아.

그런 생각은
부질 없는 거….

네네…
소용없죠….

…용서하지 않는 것도
마찬가지더라고….

나만 붙잡고 있어도
소용없더라….

내가
용서를 했는지 안 했는지
그 사람들은 알지도 못하고.

…….

그래서
무시하기로 한 거야….

용서랑은
다른 거야.

무시…?

음… 그냥 편하게
살자고 생각한 거야.

처음엔 힘들겠지만
노력해 가는 거지.

나도 형처럼
될 수 있을까…

그럼…
나루 네가 먼저 밝히는
연습을 해봐.

그걸 먼저
말하고 다니라고요?

전 싫어요!

만나는 사람마다
밝히라는 게 아니라,

소중하다고
생각하는 사람에게
천천히…!

와
락

소오름

뭐, 뭐 하는….

하하핫~
나루는 진짜 작고
귀엽네~.

뭐라고요?!

……

네가 용서하면….

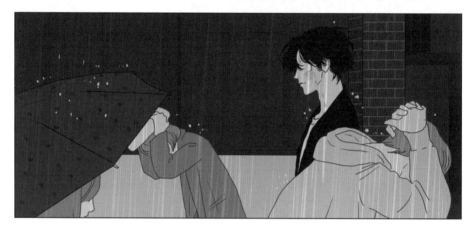

…다시….

다시 너랑 나루랑
셋이 지내고 싶다….

…….

그러면 되지….

이제 나루 소문도
다 덮였잖아….
그만해….

나루가 있는 데로….

30
기다리는 사람들

크리스마스…

…니까
선물도 가져갈까?

머플러?!

장갑?!

향수?!

…고백하는데
선물이 너무 오버인가?

나루 오빠랑
이미 사귀고 있다면…
이런 고민 없이 선물을
골랐을 텐데….

그때… 연락을 해서
만났더라면….

…….

…아!

케이크…!
케이크를 직접 만들어야겠다!

케이크랑…

손 편지 정도…?

나랑 잘 안되더라도
케이크는 먹어 없애면
그만이니까….

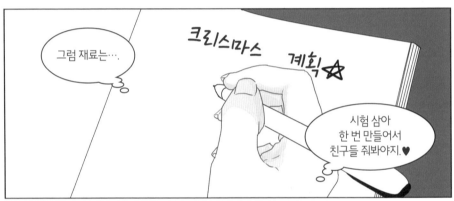

어~.

왔냐?

응.

얼마나 걸렸어?

차로 오니까
얼마 안 걸렸어.

흐음~.

할머니는?

할머니?
수영 가셨어~.

내가 여기 살면서 할머니가 맨날 아픈 이유를 알아냈어.

뭔데?

모든 종목의 운동을 하고 계셨어….

푸핫!

다행이네~ 그만큼 건강하시다는 거잖아.

뭐… 그렇긴 한데….

여기가 내 방이야.

철
컥

난 이 방이 딱인데 넌 덩치가 커서 안 되겠다.

아니거든!

자.

응? 뭐야?

네가 좋아하는 작가 책 새로 나왔길래.

헉!

대애박!

쉬면서 읽으라고.

야! 진짜 고맙다.

내일 수업 없으면 자고 가.

그럴까?

아, 맞다! 소라 얘기 들었어.

아…

표정이 왜 그래?

그냥…
주현이라는 애
난 좀….

흐음~.

그런가~
사실 나도 그렇게
생각은 하는데….

소라한테
그런 얘기 했다가
괜히 신경 쓸까 봐~.

…나루 너…
어른스러워졌다….

닥쳐.

충격•••

그건 그렇고.

235

와 줘서 고맙다.

아, 선물도!

제 친구예요~
성준이.

아!

옆집 사는 형이야,
윤호 형.

와아~
얘기 많이 들었어요.

나루 친구 진짜 진짜
잘생겼다! 인기 많겠다~.

아뇨….

근데 형,
무슨 일이에요?

가게 출근이 늦어져서
같이 밥 먹으려고 했지~.

아.

근데 친구 있으니까
가 봐야겠다.

응.

나 뭐 잘못했나…?

싸늘···

그래서 너 언제까지
여기 있을 거야?

아, 진짜 그것 좀
그만 물어 봐.

연말에 간다니까.

그게 언젠데?

아, 몰라!

?

?

왜 몰라?!
이제 학교에서 우리 얘기
아무도 안 해!

글쎄…
이제 그런 건 상관 없어.

…….

아, 아!

나루 너, 크리스마스에
올라간다며~.

찌릿

…….

헛…

242

그냥 돌아오겠다고
말하는 게 그렇게 힘들어?!

너 미쳤어?
갑자기 왜 그래?

왜 소리를...

...미안...

그냥... 좀...
걱정돼서...

야~ 이제
나 걱정하지 마.

윤호 형도 있고~
여기도 좋아~.

헷~ 나루 친구가 나루를
많이 걱정했나 봐~.

아휴~

제 친구들은 항상
절 걱정해요~ 크큭.

그럼 나루 친구는
어디서 자는 게 좋을까.

그냥 내 방에서
같이 잘 거야~.

거기서?
침대에서 두 명은 못 자,
이놈아~.

당연히 한 명은
바닥에서 자야지.

어머머머머~
어떻게 손님을
바닥에서 재우니~.

전 괜찮아요!

흥~

이불이나
몇 개 가져갈게요~.

가위바위보로
침대에서 잘 사람 정하자.

안 내면 지는 거다.

네가 침대에서 자.

뭐야~ 웬 어른스러운 척?
나만 치사해보이잖아….

측은…

그런 표정
짓지 마.

야 그럼
잠이나 자자~.

벌써 자게?

그럼 뭐 해?

아니….

불이나 꺼~.

불…?

네가 서 있으니까 네가 꺼줘~,

아, 졸려. 여기 있으니까 완전 새 나라의 어린이 됐어.

…좀만 있다가 끄면 안 돼?

졸린데~.

…….

아, 그건 그렇고,
너 요새 만나는 사람이
많다는 소리는 도대체 뭐냐?

별 거 아냐…

소라는 원래
오버 심하잖아.

최소라가
오버쟁이긴 하지.

그래도…

네가 사람들한테
상처줘서 나쁜 사람은
안 됐으면 좋겠다.

어릴 때 많이 만나봐야
좋다는 말도 있지만.

적어도 상대방한테
피해는 주지 마.

죄 지으면 다~ 돌아간다.
난 그렇게 믿고 살고 있어~.

쟤 왜 저렇게 진지해?

너 혼자 여러 명 만나면 불공평 하잖아~.

나는 여태 제로인데….

풋!

비웃지 말아라~.

불이나 꺼~. 자자, 좀.

응.

탁

……

……

신나루….

신나루…
자?

……,

……

……

잠들었나 보네….

……

…낮에…

짜증내서 미안….

이제 학교에
너 얘기하는 사람 없어.

그러니까…
신경 쓰지 말고 돌아와….

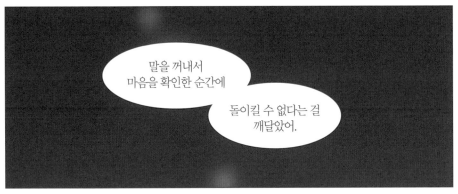

말을 꺼내서
마음을 확인한 순간에

돌이킬 수 없다는 걸
깨달았어.

……

…신나루 바보….

바보는 5초 안에
잠든다더니~

나도 잔다~.

…네가 괜찮아 보여서
다행이야.

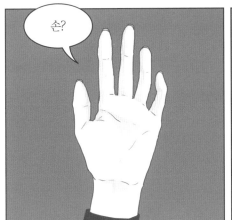

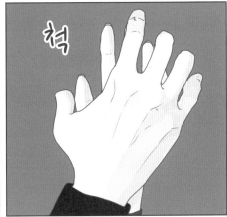

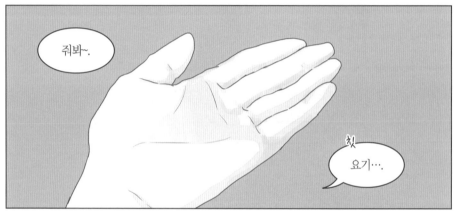

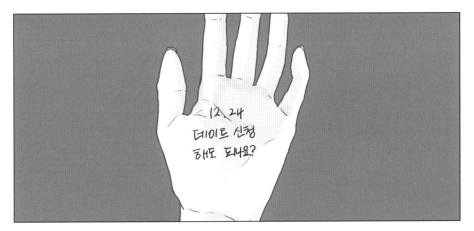

267

크리스마스에
같이….

…….

왜? 소라야?

아, 아냐!

그럼 우리
그날 뭐 할까?

사람 많은 데도
한번 가볼까?!

응, 좋아! 나도 그런데 가보고 싶었어.

나루랑은 사람 너무 많은 데는 못 가니까…

성준이가 있으니 괜찮겠지?

이번에도 집에서 크리스마스를 보낼 나루가 측은하지만…

주현이랑 보내고 싶은 마음도 크다…

미안, 나루야~.

소라야?

지성준!

안녕.

…나루…?

뭐야?
왜 그렇게 놀라?

뭔 소리야~.
돌아오긴 뭘 돌아와~.

어, 언제
돌아올 거야?

몰라….

어쨌든 잘 됐…

소라 기다리겠다~.

오해받는다고….

학교 커뮤니티에
올라온 것 때문에….

……

바닥에서 못 잘 것 같더니
아주 푹 잤나 보네….

신나루…?

으… 머리 아파.
몇 시야?

10시 넘었어~
아침 먹고 가.

아냐… 됐어….

먹고 가~
할머니 나가셨어.
내가 차려 줄게.

차려 놓을게,
나와~.

응….

탁

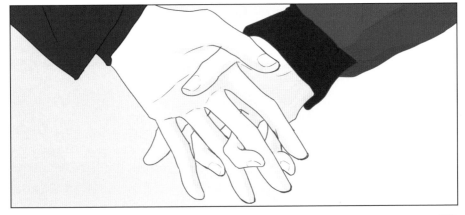

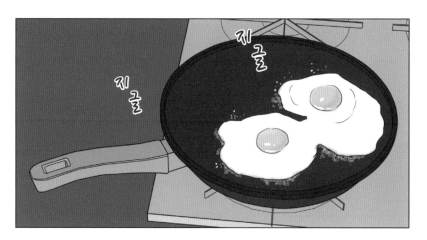

소라야.

응?

너랑 다시 만나게 돼서
다행이야···.

서로 또
상처만 받을 수도 있겠다고
생각했었는데···.

음….

현아….
사실, 나는 별로
신기하지 않아….

너랑 나,
예전 그대로거든….

그냥 나루만
없어졌을 뿐이야…

…소라야, 왜?

응?

아…

요즘 너무 좋아서…

나루한테 미안해.

네가 듣기엔
이해하기 힘들겠지만….

…….

아! 나루는 상관없어. 나 혼자 생각한 거야.

소라야.

응?

이제 나도 좀 이해해.

어?

솔직히… 나도 좀 놀랐어.

나루가 휴학한 거 보고….

그 정도 일인가 싶었거든….
그거 보고 네가 나루를
걱정하는 게 이해됐어.

네 친구니까
나도 걱정돼.

주현아….

고마워…
그렇게 말해줘서….

나루야,
성준이는 잘 만났어?

1

주현이가 이제
나를 이해해 주기 시작했어 ㅠㅠ
전보다 좋아!

1

카톡 보면 답장 좀~
감기 조심하고…

1

<아쿠아맨> 7권으로 이어집니다.

윤호 등장!

안녕하세요.
윤호 입니다!

만나서
반가워요.

서글서글한
인상.

그렁글—

상냥한
말투.

나루와의
케미까지?!

오구오구♥

……

저기요.
뒤로 줄 서세요.

순번 있어요.

준비시간 1시간 VS 준비시간 5분

아쿠아맨 6

1판 1쇄 인쇄 2020년 4월 28일
1판 1쇄 발행 2020년 5월 7일

글 그림 맥퀸스튜디오
펴낸이 김영곤 **펴낸곳** ㈜북이십일 아르테팝
오리진사업본부장 신지원
책임편집 박찬양 **웹콘텐츠팀** 이은지
마케팅팀 최재식 황은혜 김경은
디자인 프린웍스 **교정교열** 이영
영업본부 이사 안형태 **영업본부 본부장** 한충희
문학영업팀 김한성 이광호 **제작팀** 이영민 권경민

출판등록 2000년 5월 6일 제406-2003-061호
주소 (우10881) 경기도 파주시 회동길 201(문발동)
대표전화 031-955-2100 **팩스** 031-955-2151 **이메일** book21@book21.co.kr

㈜북이십일 경계를 허무는 콘텐츠 리더

아르테팝 채널에서 도서 정보와 다양한 영상자료, 이벤트를 만나세요!
페이스북 facebook.com/21artepop   트위터 twitter.com/21artepop
인스타그램 instagram.com/21artepop   홈페이지 artepop.book21.com

ISBN 978-89-509-8739-8 07810
책값은 뒤표지에 있습니다.